再见了，可鲁

一只狗的一生

〔日〕石黑谦吾 著 〔日〕秋元良平 摄
猿渡静子 译

南海出版公司

新经典文化股份有限公司
www.readinglife.com
出　品

再见了，可鲁

目录

前 言

一九九七年三月十三日，日本三重县的名张市开展了一场父母和孩子共同参与的社会福利活动。这次活动的会场设在杜鹃丘小学，大约有上百个家庭参加了此次活动。在会场，父母和孩子们坐上轮椅，一同体验怎么下台阶，还观看了手语表演。但让孩子们格外感兴趣的是一只来自关西导盲犬协会的拉布拉多猎犬。这种狗大多是纯黑或浅黄色的纯色犬种，但这只狗浅黄色的身上却有一块像胎记般的黑色十字形花纹，可以说是非常少见。它马上就十一岁了，是一条雄性导盲犬，名字叫“可鲁”。

“好厉害呀。”

“真聪明啊。”

可鲁小心地慢慢引领着被蒙上眼睛的活动参与者向前走。会场里到处响起孩子们的欢笑声和惊叹声。

可鲁七岁时离开了导盲犬的工作岗位，此后它作为示范犬，经常参加一些与社会福利相关的活动。七岁的狗年龄相当于人类的四十四岁，理应还能继续工作。导盲犬一般要到八岁至十二岁才会退役，像可鲁这样只有七岁就退役的实属罕见。自从四年前导盲犬使用者（也就是眼睛看不见的人）离开它以后，可鲁就只好在关西导盲犬协会生活了。

当然，这其中另有原因。

可鲁诞生

十五年前，也就是一九八六年六月二十五日清晨，在东京杉并区的水户莲太太家的一个房间里，六岁的拉布拉多猎犬“月馆”生下了五只小狗。

月馆开始阵痛时已经深夜一点了。经常就诊的动物医院离得很远，又是深更半夜，没有办法把狗送到医院去，水户太太只好自己为小狗接生。可是月馆的阵痛很微弱，看样子遇到了棘手的难产。到了两点，它才生下第一只小狗。第二只小狗生下来时，已经三点了。之后差不多每隔一小时生一只，到早上六点，第五只小狗才终于生了出来。

刚刚出生的小狗，每只身上都沾满了湿乎乎的羊水。水户太太用自己的双手迎来了一个个小生

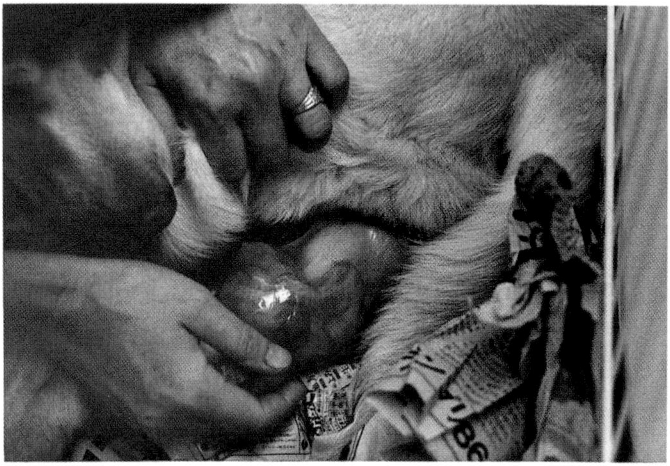

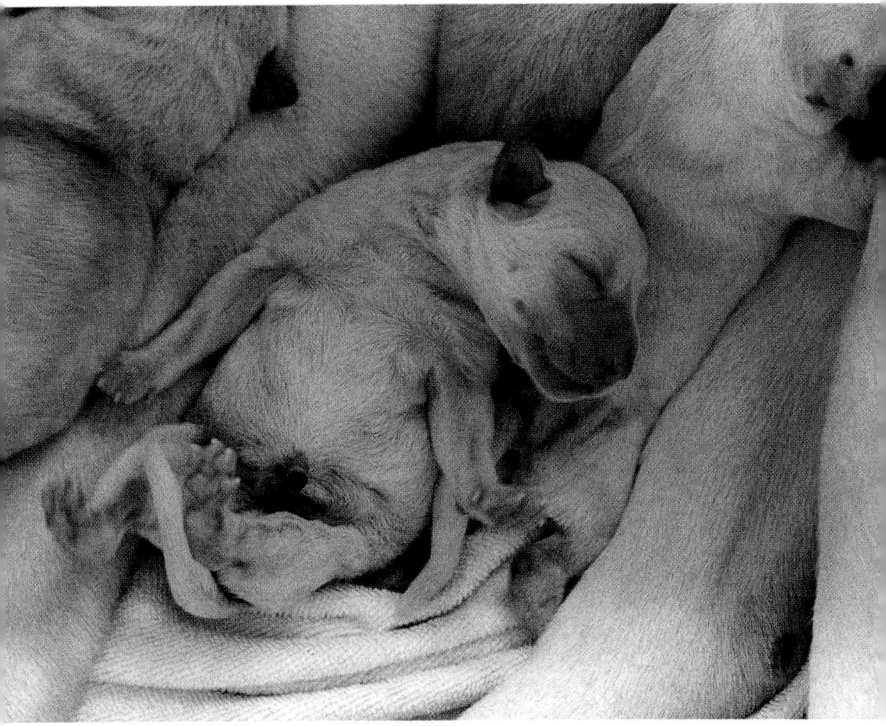

命。它们的脐带与狗妈妈紧紧相连，她用从医生那里听来的方法，将脐带剪断，包扎好，再用柔软的毛巾将它们的全身擦干净。这时，水户太太看见一只小狗的左腹部有一块黑色的东西。一开始她还以为是沾着胎盘之类的脏物，可是怎么擦也擦不掉。原来那不是污迹，而是一块黑色的毛，真是不可思议。拉布拉多猎犬的毛一般是纯黑或纯黄的单一色调，几乎不会生出有杂色毛的下一代，然而这只小公狗的身上却有一块黑色的印记。那个印记有点像海鸥飞翔时张开的羽翼，于是她马上给这只小狗起名为“乔纳森”。这是因为曾有一部畅销小说叫《海鸥乔纳森》，书中的主人公就叫这个名字。这只小狗就是后来的可鲁。

第五只小狗生出来之后，水户太太本以为所有的狗宝宝都生完了，但月馆看上去还是有点怪怪的，一副无精打采的样子。一到宠物医院开门的时间，水户太太马上和儿子开车将月馆带到了医院。经过检查，月馆接受了手术，从腹中取出了两只怀孕不久就已经死去的小狗。

一下子有了五只小狗的家，忽然变得热闹起来，水户太太的生活也开始以小狗为中心。刚刚高中毕业的儿子帮了不少忙。这群小狗出生两个星期后就要断奶，开始吃一些食物。为了养育它们，水户太太几乎忙得晕头转向。

水户太太干脆睡在客厅里，与这些小狗共眠。每天早上一到五点，她就会被肚子饿了的小狗吵醒。吃完早饭，小狗们开始在房间里追来追去，打打闹闹。到了下午，这五只小狗各自找到喜欢的地方，开始蒙头大睡。两个小时后，它们就像上了闹钟一样，又醒来你追我、我咬你了。

“这段时间，它们主要以吃牛肉为主，所以我们每天都要去肉店。回家后，把买来的牛后腿肉切碎，做成小拇指那么大的丸子，然后放在手指上喂给它们吃。虽然挺麻烦的，却一点也不觉得累。因为这些小狗太可爱了，我根本感觉不到累。”

只要一说到“小狗”两个字，一种追忆般的神情就会浮现在水户太太的脸上。

每当水户太太从外边回来，五只小狗都会争

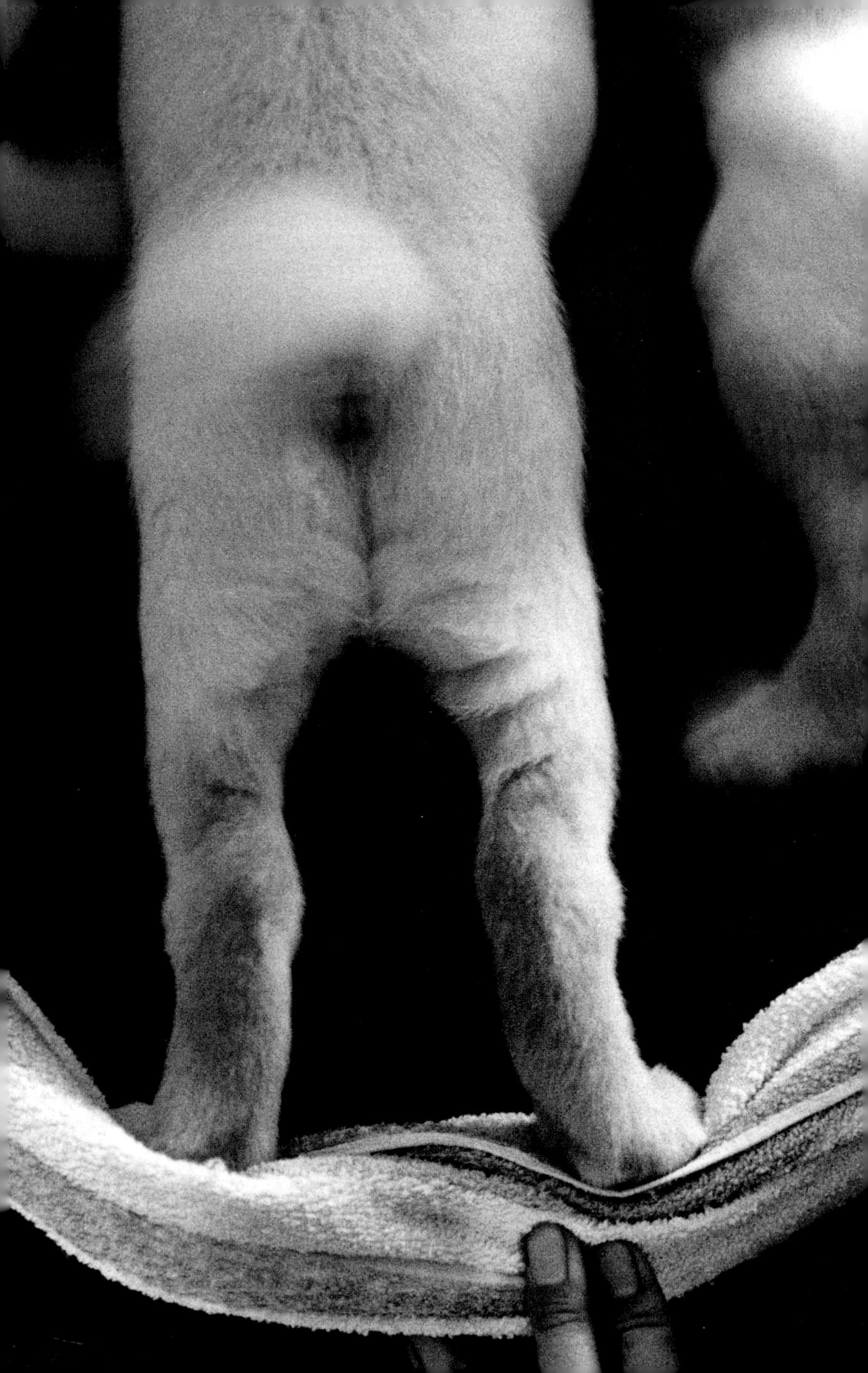

先恐后地跑到她的脚边。当她蹲下去抱它们的时候，它们会吧唧吧唧地舔她的脸，好像找不到更好的方法来表达看到水户太太回家的喜悦，于是只好一边摆动身子，一边晃着尾巴，围在她的前后左右蹦来跳去。

“啊——好了，好了。”

“行了，行了。”

水户太太经常用这种充满疼爱的语气回应这五只小狗对自己的一片热爱之情。每次从外边回来，类似的场景都会重复。即便这样，它们依然对这种举动乐此不疲。这些小狗每时每刻都让她觉得可爱至极。

小狗们这时已经开始显露出各自的个性了。个头最大也最调皮的是“昴”。胖嘟嘟、不太爱动却有点粗暴的是“北斗”。唯一一只小母狗是活泼的“潘多拉”，身形娇小，长着一身漂亮整齐的毛。接下来就是最内向的“乔纳森”了。这个乔纳森，连给它东西吃的时候，都会比兄弟们慢上半拍。五只小狗中，最后生下来的那只叫“安得”，一看就知道它的性格跟乔纳森很像，非常沉稳。

特别是乔纳森，一点点鲁莽的表现都没有，一次也没见到它与兄弟们争来抢去或推推搡搡的情形，总是一副我行我素的样子。它最爱待的地方是沙发底下，就喜欢在狭小的空间里香甜地、沉沉地睡觉。

此时，水户太太开始考虑：能不能让这五只小狗中的一只成为导盲犬呢？让自己养的拉布拉多猎犬成为导盲犬的供给源（让它生育导盲犬），是她多年来的心愿。为了实现这个愿望，她拜托住在京都的导盲犬训练师多和田悟先生，请他同意让导盲犬的繁殖犬“马克”与自己家的狗交配。也就是说，这五只小狗身上流着身为导盲犬的父亲——马克的血。

让一只狗成为导盲犬并非易事。原则上需要父母一方具有导盲犬的血统，并经过有计划的繁殖。水户太太家的小狗因为狗爸爸的关系，在这一点上是合格的。但是，它们的妈妈月馆只是一只非常普通的家养犬，与那些父母都是导盲犬、

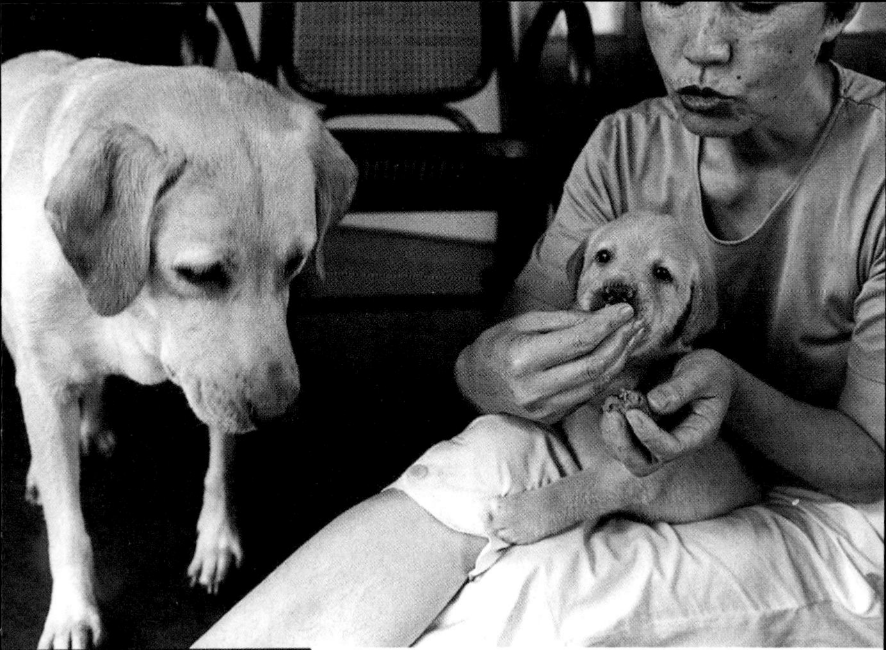

具有纯正血统的小狗相比，培养成优秀导盲犬的概率要低一些。

“能不能帮帮忙，让生下来的五只小狗中的一只成为导盲犬呢……”

水户太太试探着向多和田先生问道。多和田先生就是当初同意让导盲犬与月馆交配的导盲犬训练师。他每天为训练和培育导盲犬忙忙碌碌。那时，已经训练好的导盲犬数量与需求导盲犬的人数相差甚远，与其让一只血统不太纯正的狗成为导盲犬，不如花更少的心力去培养更多血统纯正的狗。

判断一只狗能不能成为导盲犬，唯一的依据是“血统”。具有纯正血统的狗尚且无法百分之百地成为导盲犬，从这一点来考虑，将一只到头来不能确保训练成果、只能作为候补的狗接收下来，确实需要勇气和决断。

然而，面对水户太太热切而诚挚的请求，多和田先生答应了。

“好呀，培养一只的话没问题。”

虽然多和田先生答应了，水户太太还是陷入了烦恼。这五只小狗中，到底哪一只的个性更适合当导盲犬，她根本无法做出准确的判断，只好请多和田先生的朋友——导盲犬保育员给这些小狗做一次专业的素质测试。导盲犬保育员到了水户太太家，和小狗们一块儿玩了一个小时，观察它们的状态。

当招呼它们“过来”的时候，马上就做出反应跑过来的小狗，是不太适合当导盲犬的。如果反应不太快，先考虑一下再跑过来，不受人或物体发出的声音影响,似乎在沉稳地思考“该怎么办呢”，这样的小狗更适合做导盲犬。于是，保育员先大声招呼五只小狗，看它们各自会做出什么样的反应。

最先做出反应的是最调皮的昴，它一溜烟地跑到保育员跟前摇尾巴。北斗听到声音后，并没有跑到保育员那儿，而是向水户太太跑去了。活泼的潘多拉反应也很快。最后才磨磨蹭蹭走过来的，是安得和乔纳森。

五只小狗做出各种各样的反应，确实体现了

它们各自的性格。同水户太太猜想的一样，导盲犬保育员选择了乔纳森和安得。

“这两只小狗，我觉得哪只都可以。”

这是导盲犬保育员给出的结论。

听保育员这样说，水户太太也马上有了自己的决定。

“那就选乔纳森了。”

乔纳森腹部黑色的十字形印记，给了水户太太一种“这也许是命中注定”的感觉，于是她决定“就是这个孩子了”。乔纳森在成为导盲犬的道路上迈出的第一步，就在这一瞬间定了下来。

培养导盲犬的目的是让它成为视力障碍者的眼睛，为他们提供安全可靠的导航。这一点，人们已经了解得越来越清楚。

人类使用导盲犬有悠久的历史。被维苏威火山喷发的火山灰掩埋的古城——庞贝的壁画上就画着一个似乎失明了的男子，被狗牵引着在市场上散步的情景。据说在公元六世纪，法国北部有

一位双目失明的传教士，也曾利用一只白色小狗指引道路，四处传教。但是像现在这样系统地对导盲犬进行训练，并将这项工作列入福利事业，则缘起于第一次世界大战后的德国。当时有很多军人在战争中受伤甚至失明，便开始训练一些导盲犬来帮助他们。据说一九二七年前后，德国大约有四千只导盲犬。此后，培养导盲犬的事业渐渐在欧洲大陆以及美国推广开来，现在已经有二十多个国家开始了对导盲犬的培养和训练。导盲犬第一次被日本人“认识”是在一九三八年，那时有一位美国青年带着自己的导盲犬来日本旅行。然而，日本诞生第一只导盲犬却是十九年后的事了。日本导盲犬协会则成立于一九六七年。

日本的导盲犬多采用像乔纳森这样的拉布拉多猎犬、金毛寻回犬或德国牧羊犬等中型犬。这种大小的狗可以在汽车快要撞到主人时庇护他们。那只很有名的为了保护主人失去一条腿的导盲犬“沙部”就是德国牧羊犬。但最近这个种类的导盲犬已经很少见了，也许是因为这种狗看起来很强悍，让人觉得有点可怕。于是，拉布拉多猎犬得到了人们的喜爱。它们的祖先曾是猎犬，后来经过改良，性格温和，喜欢和人同进同出。这种猎犬原本是加拿大拉布拉多半岛上的狩猎者的“助手”，直到现在，它们还非常擅长游泳。

导盲犬在它的一生中必然要经历几次离别的体验。出生后两三个月，第一个离别之日就会到来，即小狗与繁殖犬（也就是“生父生母”）及保育员的离别。然后在迎来一岁生日前的这段时间内，会被托付给“养父母”，就是负责带着小狗散步、养育它的人。所谓的“寄养生活”会给小狗亲人般的爱与关怀，把它当作家庭中的一员。过“寄养生活”在培养小狗对人的信任方面会起到非常关键的作用，能让它意识到人类是自己的朋友。一年的“寄养生活”虽然时间很短暂，却极其重要。

乔纳森与水户太太离别，是在它出生后的第四十三天。

不管性格多么沉稳内向，这时的乔纳森也仍然是只小狗，根本不可能懂得离别的真正意义。

水户太太像往常一样抱起乔纳森，乔纳森高兴地舔着她的脸。另外四只小狗也想让主人抱自己，在她的脚边蹿来跳去地缠着她。但是这天，水户太太一直抱着乔纳森，久久不肯放开。另外四只小狗只好一边汪汪叫，一边追着紧紧抱着乔纳森往屋外走的水户太太。

从今天开始，乔纳森就要到京都去了。它要去住在京都西京区的“养母”——仁井太太的家。在水户太太的儿子开往羽田机场的车内，乔纳森迷迷糊糊的，一副像在做梦的样子。为了避免乔纳森在漫长的路途中过于兴奋，兽医事先给它吃了安定剂。水户太太把体形像成年的猫那样大小的乔纳森放在膝盖上，在去往机场的一个半小时里，一遍又一遍地对乔纳森说：“多保重啊，要加油啊！”想让乔纳森成为一只导盲犬虽然是自己的心愿，但在这个心愿即将实现时，水户太太感到的寂寞却远远多于喜悦。她能说出口的，也只

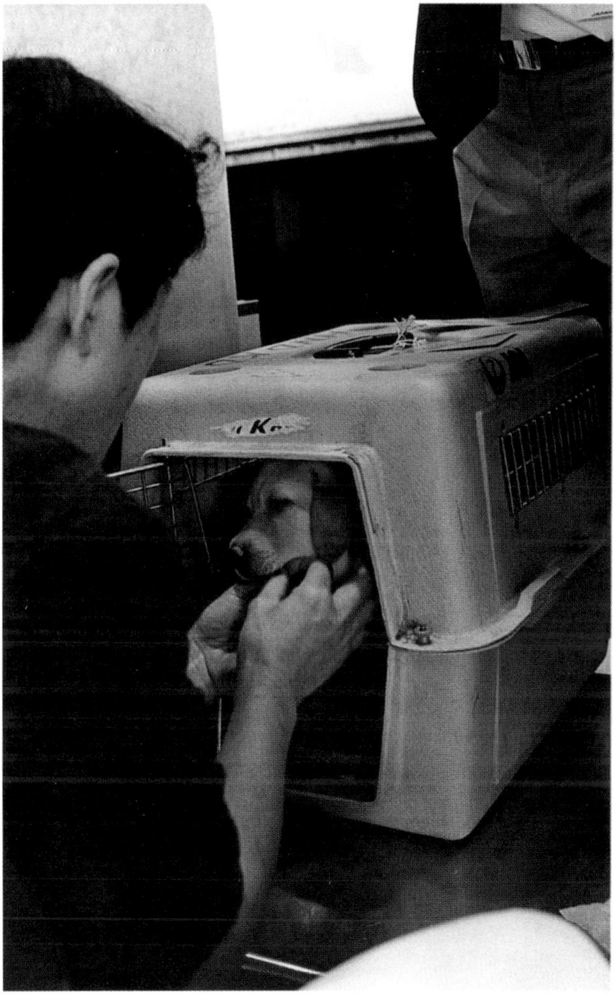

有“多保重啊”、“要加油啊”。

到了机场，水户太太把乔纳森放进小动物专用的笼子里，一想到从此要与乔纳森分别，她就没办法轻轻松松地把笼子门关上，只是一次又一次地抚摸着无精打采的乔纳森的脑袋。她心里知道是药起了作用，却还是感觉乔纳森的低落是因为寂寞与悲哀。说了许许多多遍“多保重啊”，水户太太再次摸了摸它的头，终于关上了笼子的门。到柜台办理登机手续时，她把笼子放到了手推车上。乔纳森的下一个目的地是大阪的伊丹机场。

水户太太看见笼子里似乎有一个小小的身影在动，好像是乔纳森转过身子朝向这边。已经不可能再听到的“汪汪”的叫声，仿佛又真切地传到了水户太太的耳边。

一九八六年夏天，乔纳森经历了第一次离别。

那一天，刮着很大的风。

养父母与寄养生活

从一九八四年开始，住在京都的仁井勇和仁井三都子夫妇参与了公益性的领养活动。自从那只像孩子一样受宠的牧羊犬死后，只有夫妻两个人生活的家就变得“有如灯火熄灭一般寂静”。夫妻二人都非常喜欢狗，虽然总是说“再养一只吧”，但一想到爱犬离世的那种悲痛，就一直没有勇气再养狗。正在备感寂寞的时候，他们在报纸上看到了关西导盲犬协会征集“养父母”的消息。

“知道亲手养育的可爱的小狗随时会离开自己，虽然很痛苦，但总比与长年一起生活的狗死别要容易忍受些。因为有这种想法，我们就去应征公益性的‘养父母’工作了。”

经过深思熟虑后，他们还是选择了“养父母”

这条必经之路。第一只寄养在仁井家的是只拉布拉多猎犬，名字叫“兰”，它让仁井夫妇经历了一次痛彻心扉的失败。很不凑巧，夫妻两人那段时间都很忙，没办法悉心照顾小狗。因为这个缘故，兰跟他们不太亲近。对它说“走，去散步”，它根本不动弹，经常不太听话，还曾经咬伤过仁井勇先生。领养它已经两个月了，但是“我们基本上只能无可奈何地投降”，仁井夫妇回忆当时的情况时这样说道。好在兰最后还是成了一只导盲犬，并开始工作，两人才放下心来。他们领养的第二只狗——娇娜成为导盲犬之后，陪伴着主人宫本武先生登上了富士山和白山，还巡游了四国、秩父、坂东的百观音等地方，这让它的“养父母”仁井夫妇非常高兴。

乔纳森是仁井家领养的第三只狗。两个人经历过痛苦也品尝过快乐，已经将这种公益工作当作生活的一部分，此时再做即将成为导盲犬的小狗的“养父母”已经很熟练了。

八月七日，仁井夫妇终于盼来了乔纳森。他

们把娇娜送还给导盲犬训练中心快半年了，家里已经很久没听到狗的叫声了。他们只是听说要从东京送来一只出生刚四十三天的浅黄色拉布拉多，此外就一无所知了。到底是一只什么样的小狗呢？这第三只要在他们家寄养的小狗，从那天早晨开始就成了夫妻二人挂在嘴边的话题。

去伊丹机场接乔纳森的导盲犬训练师——多和田先生开车来到了仁井夫妇家。两个人盼望了很久，一听到玄关的门铃声，就一路小跑迎出来。然而，出现在他们面前的乔纳森不知为什么一点精神都没有。也许药效的影响还没有完全消失。不知情的仁井太太嘴上没说，心里却有点担心："这种样子，我们能带好吗？"随后，她发现了小狗左腹的黑色印记。

"为什么要画个'×'呢？"

她根本没有想到那是毛的颜色，只是在想，身上画个"×"到底是什么意思呢？

培养成导盲犬的小狗在"养父母"家一般要

生活到一岁左右。乔纳森的培养计划是自寄养在仁井家那天起，大约过八个月，就要送回位于京都龟冈市的关西导盲犬综合训练中心。乔纳森的名字也从送到京都那天起改为“可鲁”。这是训练中心把它托付给“养父母”时为它起的新名字。导盲犬在训练中心登记名字，要按事先排好的开头字母的顺序。给乔纳森登记时排到了字母“Q”，以“Q”为开头字母的“QUILL”意思是鸟的羽毛。它左腹的黑色印记就像海鸥飞翔时张开的羽翼那样，所以这个名字倒非常贴切。

训练师多和田先生把可鲁交给仁井夫妇时，向他们拜托道：

“无论如何，请千万不要训斥它。”

资深的导盲犬训练师多和田有与狗接触的丰富经验。他认为绝对不能训斥可鲁，这对它成长为导盲犬、让它的个性得到充分的发挥至关重要。在与导盲犬训练工作相关的人士中，多和田先生素有“魔术师”之称。不管多么调皮的狗，到了多和田先生手里也会变得很温顺、很听话。这一

仁井

切都让人觉得，他的确懂得狗的语言。甚至有人会感到疑惑：“他是不是本来就不属于人类，更接近狗一族？”所以多和田先生的忠告，仁井夫妇绝对会无条件地听从。

可鲁真是一只顽皮的小狗，简直没办法让它安静下来。它刚到仁井家那天表现出的毫无生气仿佛是一种假象。在那之后，它把小狗特有的调皮发挥得淋漓尽致。

可鲁一开始最钟情的游戏是在院子里狂奔和越过窗台。它还记住了打开纱窗的诀窍。在院子里跑腻了，就会进屋咬一咬睡着的仁井勇先生的头发，意思是说：“和我玩嘛。”

“别闹，别闹。”

仁井勇先生在与可鲁共同度过的八个月中，不知一边笑着，一边把这句话重复了多少次。

仁井太太对可鲁有说不完的话。这不是想让可鲁记住更多人类的语言，而是她真的把可鲁当成自己的孩子一样宠爱。对自己的孩子，当然不会无话可说。

“真的是这样。她每天从早到晚都在和可鲁聊天。”

仁井勇说到妻子三都子的时候，脸上一副无可奈何的表情。三都子女士听了这话，非常开心地笑着说：“谁让可鲁好像真的能听懂人的语言呢。”

仁井夫妇最后决定把可鲁的小床放在玄关旁边的日光浴室。他们本来想让可鲁跟自己睡一个房间，但不知道以后它以导盲犬的身份开始工作时，它的主人会怎么对待它。也许可鲁的床会被放到室外，也可能被放到玄关前面，这样一来，让可鲁从小就习惯与人分开睡，对它来说可能更好。除此之外，仁井夫妇无论做什么、去哪儿，都和可鲁在一起。

八月盂兰盆节的时候，他们带可鲁去了节日活动会场，这是它第一次走在来来往往的人群中。

冬天的时候，它曾经在雪地上快乐地奔跑。

它最喜欢的散步路线是家附近的小畑川岸边。

春天的时候，它曾经沿着小河，一边走一边欣赏怒放的樱花。仁井夫妇抱着它走到花的近旁，

4.15 kg
SUPER SCALE
Menix

告诉它："看，这是樱花，已经盛开了。"他们又指着飞过来的野鸭子对它说："那是鸟类。"有一次，它还被因为春天临近从冬眠中醒来的蛇吓了一大跳。

"养父母"的工作就是这样，给小狗创造接近大自然的机会，包括教它认识一些事物。可鲁散步的路线还是小孩子上学的必经之路，经常碰到一些走在上学和放学路上的孩子。那帮孩子管可鲁叫"小可"，会用小手摸摸它的脑袋，可鲁这时就兴奋得摇头晃脑。

可鲁的另一条散步路线是附近的商业街。仁井夫妇想，应该尽量多创造让可鲁与人接触的机会。仁井太太每次去买东西都带上可鲁。不知从什么时候起，可鲁已经变成这条街的明星了。无论是过路的人还是店主，见到可鲁都会和它打招呼。可鲁左腹像海鸥羽毛一样的黑色印记，有人觉得更像一个"梦"字，所以还有人管可鲁叫"阿梦"。"阿梦比昨天又长大了一点……"

那段时间，可鲁确实给人每天都在成长的感

觉。刚来京都时，它的体重只有四公斤，现在马上就要到二十公斤了。

小狗的天真可爱劲儿逐渐从可鲁身上消失。八个月的时间转眼就过去了。一九八七年春天，又到了离别的日子。分别后，仁井夫妇就很难再见到可鲁了，因为有一条规定：被训练的小狗一旦当上导盲犬开始工作，为了不让它再回忆起过去，是不能再和“养父母”见面的。

仁井勇先生和妻子三都子最后一次带可鲁去散步的时间比平日都长。他们比平日走得更远，也走得更慢。

第一次给可鲁洗澡的时候，它可听话了。它脚上沾满泥土的时候，如果不说“进来吧”，它绝对不会进屋，就趴在那儿等着。想起它这些聪明伶俐的地方，再想起它初来乍到时的顽皮，仁井夫妇的心中充满了感慨。

结束了最后一次散步，可鲁坐进多和田先生的车里。到出发的时间了，可鲁好像很纳闷仁井夫妇为什么不一块儿上车，带着一副诧异的表情

48

开始撒起娇来，然后又显得有点不安，歪着脑袋凝视着他们。

车子启动了，仁井夫妇向渐渐远去的车挥着手。透过远去的面包车的后窗，能看到车上的可鲁始终将视线凝聚在两人身上。两个人的眼泪都在眼眶中打转，久久地向车开走的方向挥着手。

“虽然已经是第三次与养的狗分开，但仍然不习惯这种离别。可鲁不在了，回到家里，总感觉少了点什么……”

仁井夫妇又笑着继续说道：

“分开的时候确实觉得很寂寞，但‘养父母’在奉献中也得到了非常非常多的快乐。”

开始训练

“好动是狗的天性。但训练一只导盲犬，就是要让它以听从主人的吩咐为乐。也许人们认为训练如此严格，对于狗来说太可怜了。其实并不是这样。”

作为导盲犬训练师和可鲁的“教育之父”，多和田先生这样向人们介绍。人们通常认为那对狗来说，肯定是一种严格而残酷的训练，其实是一种误解。但不能不承认，一直被仁井夫妇宠爱有加、任其随天性成长的可鲁，即将开始的毕竟是另一种生活。可鲁与十几只狗一起，迎来了导盲犬最初的训练生活。这种生活环境的巨大改变，不容许它再随意发挥“可鲁的个性”。

训练的第一天，可鲁就表现出“我不干”的

态度，还一个劲儿往后退，并且非常顽固。

“小可啊，别提当初有多顽固了。”

“它总要想一想才动弹，比别的伙伴慢半拍，虽然那么年轻，却像个老爷爷似的。”

把扔出去的球捡回来是基础训练之一，可鲁却想干什么就干什么。它的伙伴们都是争着抢着去追球，想得第一名，但可鲁一点都不着急，也不慌乱，有时候甚至连动都不动一下。

多和田先生叫可鲁“小可”，他介绍了很多关于可鲁的小插曲。听他说话的语气和用词，让人觉得他好像对可鲁不太认可，其实并不是这样。虽然他脸上的表情几乎毫无变化,但每当说到“小可啊……”，眼神中就透出一股温柔。那种温柔让我们知道，对“小可”过去每一天的怀念，已成为他如今的生活中不可或缺的一部分。

可鲁开始新生活的地方是京都亀冈市，这座城市因位于游览保津川的起点而闻名，关西导盲犬协会的导盲犬综合训练中心就坐落在这里。

一些希望培育导盲犬和普及导盲犬知识的人

聚集在一起，在一九八〇年一月创立了关西导盲犬协会，该协会于一九八三年被日本国家公安委员会指定为“训练和认定导盲犬的法人”。自一九八三年以来，这里每年大约可以培养十至二十只导盲犬。然而，导盲犬的数量却远远不够。在全日本，正在工作的导盲犬大约有八百五十只（据一九九九年日本盲人社会福利设施协会调查的数据），但据预测，期待导盲犬帮助的视力障碍者应该有四千七百人左右（据日本财团公益福利部环境福利科的调查结果）。与美国约有六千只、英国约有四千只导盲犬活跃在第一线的现状相比，日本导盲犬的数量真是少得多。

这其中的一个原因是欠缺培养导盲犬的资金。培养一只合格的导盲犬大约需要三百万日元。来自普通百姓的赞助数量有限，国家给的补贴又远远不足。另外，导盲犬训练师的数量也不够。

虽然有很多人想报名成为导盲犬训练师，但培训进修的时间至少需要三年，有的甚至长达五年，在这么长的时间里，觉得梦想破灭而放弃的

人非常多。据日本盲人社会福利设施协会“导盲犬委员会”的调查显示，以一九九二年至一九九五年培训进修的毕业率为例，到了培训进修的第三年，毕业率仅为百分之十二点七。也就是说，一九九二年有近一百人报名参加导盲犬训练师的培训，到最后结束时,仅剩下十三人。虽然多和田先生说“对狗来说，导盲犬的训练不算太辛苦”，但对导盲犬训练师的培训却极其严格。如果仅仅是喜欢狗，是不能成为训练师的。你还要比狗更多地去了解人（指有视力障碍者），的确很不容易。

导盲犬数量不足的另一个原因，是把一只狗培养成导盲犬至少需要一年半的时间。即便这样，也并不意味着住在训练中心的候补犬都能成为真正的导盲犬。当时，就算是有“魔术师”之称的多和田先生，把训练中心的候补犬培养成导盲犬的成功率也只有百分之八十左右。他创造的这个成绩至今仍令人叹服。然而,多和田先生却说:“那时候自己培养的导盲犬里，有一些真的有点勉为其难。”他的意思是有些本不足以培养成导盲犬的狗，那时也勉为其难地进行了训练。那些掉队的狗并不仅仅是因为能力有限，而是无论如何都要一关一关地通过训练测试，由此才能判断它们是否已经达到导盲犬的标准。单纯因为“血统”来到训练中心的候补犬，要真正成为导盲犬着实不容易。

可鲁的妈妈月馆并不是导盲犬，而是一只普通的家犬，这样可鲁就面临着第一道关卡——对它“血统”的质疑。然而可鲁最终为什么能成为导盲犬呢？培育了将近两百只导盲犬的多和田先生对它做出了这样的评价：

“小可的能力和天性大概只达到导盲犬的平均值。但是，它身上散发着一种诚恳的光芒。它除了诚恳之外，并没有其他明显的特征。也就是说，它是一只个性并不强的狗。那种诚恳对导盲犬来说，是一种非常重要的资质。”

训练第一天连屁股也不肯挪一下的可鲁，不久就重新寻回了活力。

可鲁在训练中心的生活，从早到晚都与多和田先生以及其他狗儿在一起。那段时间，多和田除了训练可鲁，还要训练另外十只狗。再加上为年轻训练师照看的狗，他要和十六只狗吃住在一起，说和它们朝夕相处可能更准确一些。

在和它们的接触中，多和田先生要记住每只狗的性格与能力。早上一起床，他就带它们去散步，然后是训练，吃饭，为它们清理大小便，有时还要给它们看病。总之，在可鲁这些狗儿身边，总能看到多和田先生的身影。

可鲁很快就被其他狗儿接受了，看起来还很受欢迎。但它还是悠闲自在、我行我素，同伴们的行动几乎对它产生不了任何影响，它也没有什么特别要好的朋友。早上，接受训练的狗被放出狗舍后，大家都争先恐后地去追抛出去的球。这是多和田先生研究出来的一项基础训练。好多只狗同时追逐的时候会发出惊人的“咚咚”的脚步声，所以这项训练又被称为“咚咚”。每当这时，可鲁却不知什么时候已经离开了狗群，紧紧地黏在多和田先生的脚下，不离其左右了。

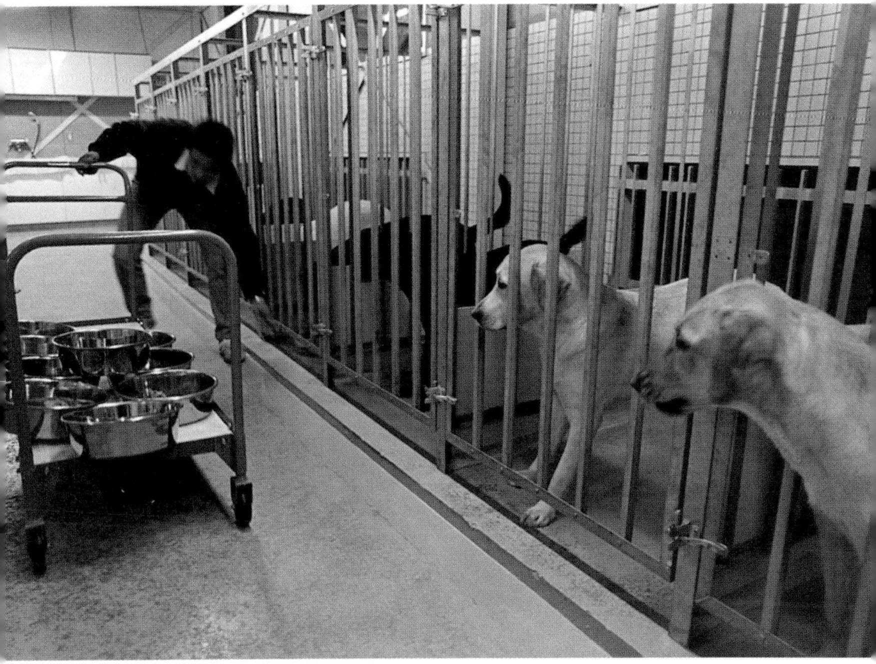

训练中心的第一步是从服从训练开始的。这个项目训练的是让狗理解训练师的意图，并听从他的指令。训练师下指令时使用英语。用英语的话，导盲犬就不会因为使用者的男女用语差异，或者遇到使用方言的情况，在头脑中产生混乱。让狗坐下时说“sit”，让狗趴下时说“down”，让狗停下时说“wait”，夸奖狗叫它是好孩子时说“good”。导盲犬接受的训练是训练师说“wait”时，无论发生什么，在训练师发出下一个指令前都绝对不能乱动。同时，还要让它们养成有规律地进食和排便等习惯。导盲犬就是这样在训练中心接受基础训练，一点点积累这些基本常识，然后慢慢转移到路上，开始真正的指向训练。

遇到路口要停下，遇到障碍物要避开——接下来，导盲犬就要接受这种给视力障碍者安全提示的训练。练习时，训练师首先会说“有拐角啊”，然后拐弯（这称为“寻找拐角”）。遇到台阶时，则要教它如何下台阶（这称为“寻找台阶”）。遇到障碍物时，又要教它怎样避开障碍（这称为“躲避障碍物”）。例如，遇到拐角时对导盲犬做的训练是让它发现拐角，然后在拐角处停下来，确认安全后再迈步向前。

可鲁和小时候一样，在训练中心依然是一副很随性的样子，但多和田先生觉得：“小可能按我心中想的那样去做。”可鲁率真而乖巧，的确会遵从指示，并仔细聆听人的话。所以在训练师眼里，可鲁算得上一只可以造就的狗。

“安全等于舒适，也等于让人心情愉快。危险则等于不舒服，同样心情也不会愉快。要让它们了解这些东西。也就是说，训练导盲犬既要懂得心理学，也要符合科学。”

多和田先生介绍着训练导盲犬的基本要诀。

因为随时都在人的身边，导盲犬常常能从陪伴中体味到愉快的心情。但在有汽车的地方，人们总会对狗说“不可以”，这样会让它们感到不开心。让它们记住这些心境非常重要，因此多和田先生想出了一些表扬它们的方法。例如，导盲犬

坐在身边时，他就让它把脸伏在他的脚上，一边说“good、good”，一边用手轻轻拍打它的脸颊。对狗来说，这是一个让它感到很舒服、很愉悦的动作。要让它们记住，像这样待在人的身边其实是最舒服的。

和其他狗一样，可鲁也很喜欢人们拍打它的脸颊。但即使很高兴，它也渐渐明白了，它接受的训练是不能非常直白地表达自己的心情。所以当有人称赞它“good”时，它只是眯起眼睛，一边用鼻头蹭着对方的腿，一边将脸凑上前去。它

这个动作想表达的是“再摸摸我”。可鲁就是以这种方式表达着内心的喜悦。

多和田先生不停地说下去。

“狗知道自己所处的境遇和地位后，情绪就会安定下来。这时你对它说‘我就是你的主人’，它能马上明白自己要扮演听从者的角色。”

当狗知道了自己与主人是可以信赖的朋友关系，便能安稳地遵从主人的指示了，此后的训练过程也会越来越顺利。最后甚至能做到在训练中发出“go”的指令，它们也不会草率地向前走。

如果只是让它们按照指令行事，它们就可能走到车来车往的马路上。为了避免这种危险情形发生，必须让它们记住，凡事要经过思考再行动。这就是所谓的“判断性服从”。

当红灯亮起时停下脚步，根据自己的判断，等汽车过去后再向前走。这时可鲁已经会一脸得意扬扬地抬头望着多和田先生，仿佛在说：“怎么样，这么做还行吧？”

可鲁每天接受着按部就班的严格训练，已经不用担心它跟不上进度了。转眼间，它到训练中心有一年半了，离成为专业导盲犬的日子越来越近。

导盲犬的生活

住在龟冈市的渡边先生当时五十二岁，他第一次造访训练中心是在一九八八年十月。那时可鲁的训练生活已经过了大约一年半。

渡边先生在龟冈市盲人协会工作，他四十二岁那年完全看不见东西了。因为从小住在龟冈市，他对这里的大街小巷都非常熟悉。然而失明之后，他的行动就受到了限制，能去的地方也所剩无几。周围的朋友曾多次劝他，有只导盲犬陪着会方便得多。

“让我被狗牵着走，不如让我去死！”

不太喜欢狗的渡边先生相当固执，但经不住周围的朋友百般劝说，终于妥协了，只好很不情愿地来到训练中心。

但连经过一年以上训练的导盲犬，也不太可能一下子就非常顺利地执行任务。作为主人的盲人也要与导盲犬一起做些相应的训练，这就是所谓的共同训练课程。渡边先生是为了参加这项课程才来训练中心的。

训练中心里有好几只已经完成训练、随时都能以导盲犬身份开始工作的狗，但是哪一只才能成为渡边先生的最佳伙伴，还要取决于他们相互适应的程度。对此进行分析也是训练师的工作内容之一。

多和田先生描述着当时渡边先生和可鲁配合的情形。

“如果不了解狗的性格，就不知道双方究竟适不适合,所以必须用专业的眼光判断。最后我决定，让可鲁做渡边先生的搭档。而且，渡边先生自己也选择了可鲁。”

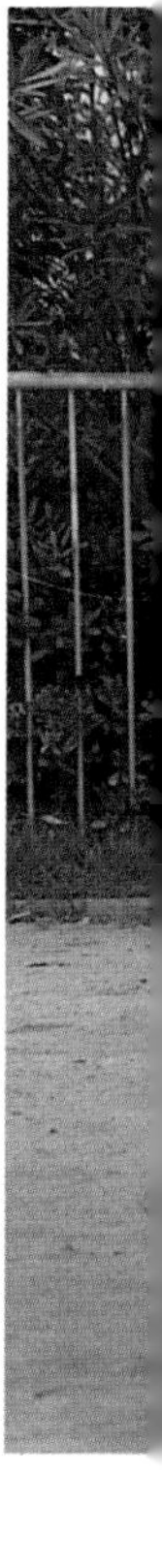

多和田先生之所以选择可鲁，理由有三个。第一，可鲁已经接受了一定时间的训练，状况也非常稳定；第二，渡边先生的工作性质决定了他

要长时间待在办公室，而可鲁是一只耐性很好、并不把等待当成苦差的狗；最后一点是，可鲁的步行速度比较慢，能很好地配合渡边先生的步调。

“共同训练”也称为“步行指导”。这项训练因人而异，但即使住进训练中心进行集训，也大概要花四周时间。如果不住在训练中心，每天从家里过来接受培训，则要花上四周至六周左右。因为不仅是接受步行训练，还要在这段时间里，让使用者循序渐进地学会利用导盲犬的各种方法，以及如何照顾它们等基本常识。这是一只导盲犬正式开始工作前，与使用者相互了解与沟通的重要时期。

一位导盲犬使用者曾这样说过：“通过导盲鞍（导盲犬佩戴的导盲工具），我可以看到蓝天。”别的使用者也说过：“失去导盲犬时，我感觉好像又一次失明了。”

导盲犬对于盲人而言，并非只是“会引领他走路的狗”。在结识可鲁后不久，原本讨厌狗的渡边先生开始改变对导盲犬的认识。

渡边先生学会了操控戴在可鲁身上的导盲鞍，便开始试着去一些盲人绝不会单独前往的地方。他很开心地对多和田先生说：“我今天和可鲁去了很远的地方。”

“都是它的功劳啊……”

渡边先生总是一边抚摸可鲁，一边自言自语。

有一天，渡边先生和可鲁的步调不太合拍，他坐在长椅上叹了口气。这时，可鲁紧紧贴在渡边先生的脚边趴了下来。这是共同训练课程开始还不到一周的时候发生的事。

摄影师秋元良平先生目睹了这一幕。当时秋元先生已经持续拍摄可鲁两年多了，他还一直在培养导盲犬的一线现场观察，接触了很多导盲犬。他看到这样的情景时非常吃惊。

“它真的紧紧地贴在渡边先生的身边，才短短一个礼拜，它竟然能这么信赖对方，真不可思议。我看到可鲁的样子，就知道它已经明白，自己今后要和这个人一起生活下去了。”

晚上，在训练中心的宿舍里，渡边先生在铺棉被，可鲁就在一旁凝视着他。它看起来只是一副静静守候的样子，其实不然。仔细观察可以发现，它在随时准备着，假如渡边先生说“帮帮我”，它就能马上伸出援助之手。

共同训练其实是件很辛苦的事，但从训练师多和田和摄影师秋元先生观察到的情况而言，他们一致认为：“虽然很不容易，但看得出他们的感情非同寻常，彼此都很愉快。”共同训练结束后，曾说过“我不需要狗”的渡边先生对导盲犬的认识完全改变了。

“我一直以为导盲犬不过是用来引路的，其实根本不是这样。我只要和它在一起，心情就会特别好。它真的是我的朋友。”

那时候，一到休息时间，人们就能看到这样一幅情景：

可鲁将前脚放在渡边先生的膝盖上，为了更贴近渡边先生，它努力把后背挺得直直的，然后不断地舔着渡边先生的脸。渡边先生脸上带着微

笑，一边抚摸可鲁的头，一边开心地说：“good，good。”

龟冈市的人口大约有九万五千人，它不但是游览保津川的出发地，还是因离京都车程不到一小时而闻名的市郊住宅区，是个人口在逐年增加的好地方。

渡边先生的家在龟冈市南部，而他的工作地点——残疾人福利中心则在市中心。渡边先生几乎每天都坐公共汽车上班。两个月前，他还是一个人拄着白色导盲杖上下班，如今却可以从早到晚和可鲁同进同出。公共汽车的门一打开，可鲁就会把渡边先生带到车门口，然后回过头引领着渡边先生坐到位子上。即使在车厢内引来其他乘客关注的目光，可鲁依然紧跟着渡边先生，并时不时地抬头看看他。可鲁在大小便的问题上能做到自我控制，通常在出门前就解决好。如果在外边不方便撒尿，它也会忍到回家后再上厕所。看到可鲁如此乖巧聪明的表现，每一个人都会流露出惊讶的神情。

如果和可鲁在一起，渡边先生就哪儿都可以去了。以前不太敢走的羊肠小道，只要和可鲁在一块，也可以走得更安心。每当走在这样的路上，他还会回忆起失明前的点点滴滴。这些都要归功于可鲁的存在。

同时，和渡边先生一起散步的过程中，可鲁也慢慢熟悉了它没有完全掌握的引领技巧，进一步提升了自己的专业能力。

多和田先生有时在街上默默地注视着这对心灵相通的搭档。

“他们虽然在彼此的配合上还不是很默契，渡边先生还是常常称赞小可，小可也是一副很开心的样子。”

回到家里摘掉导盲鞍后，渡边先生会习惯性地抚摸可鲁。有时可鲁也会躺在地上，露出肚皮撒撒娇。当渡边先生向客人夸它是一条多么聪明的狗时，它会稍稍抬高下巴，显出一副威风凛凛的模样。可是，一旦戴上导盲鞍，可鲁就摇身一变，

成为专业的导盲犬，绝不会有撒娇之类与身份不符的行为。

“小可真是一只很聪明的狗。”

渡边太太的语气中充满无限的感慨与怀念。

“小可总是带着‘你在干什么呢’的神情望着我先生，我到现在还忘不了它的模样。”

渡边先生和可鲁这对最好的搭档，有时还会一起去爬山。总之，不管去哪儿、不管做什么，他们总是形影不离。

“我从来没想到导盲犬是这么棒的伙伴。”

这是渡边先生真正发自内心的感慨。

可鲁与渡边夫妇在一起生活的两年时光转眼就过去了，谁都没有预料到，这般安稳平静的日子也会有结束的一天。那天，渡边先生参加了一次导盲犬使用者俱乐部举办的登山活动，高高兴兴回了家，突然感觉有点不舒服，一副恶心想吐的样子。

经过细致的检查，发现渡边先生患上了非常严重的肾衰竭。他的肾脏已经衰弱到几乎丧失了

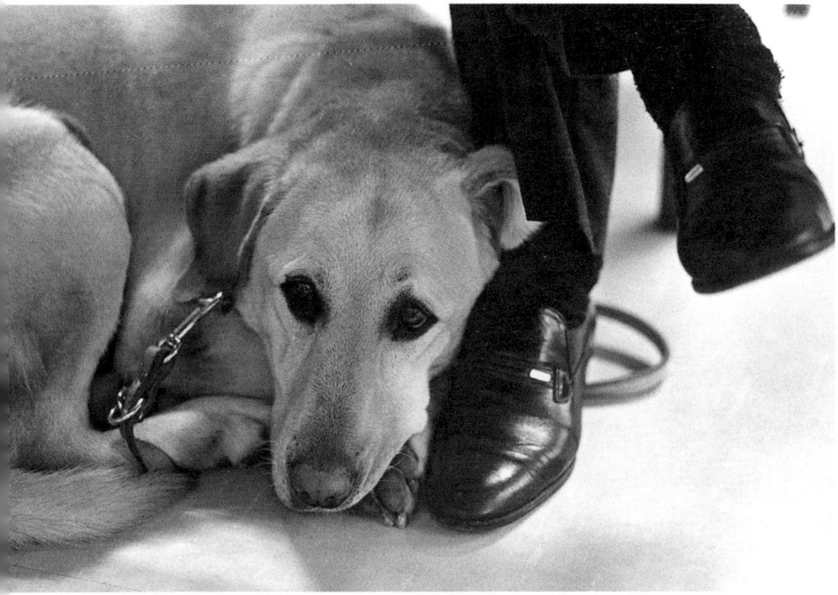

净化血液的功能，必须接受血液透析的治疗。随着治疗的次数越来越频繁，渡边先生最后住进了医院。每当可鲁和渡边太太一同前往医院探望，渡边太太都会央求医生允许可鲁靠近躺在病床上的渡边先生，守护在他的身边。

渡边先生住进了医院，可鲁只好再次回到导盲犬综合训练中心。

为了等渡边先生一出院就能以导盲犬的身份开始工作，可鲁只好一直在训练中心里待命，这一等便是三年。

然而，渡边先生的身体依然没有恢复的迹象，反而越来越糟糕。有一天，他像是想起了什么，对渡边太太说：

“我想去训练中心。”

可鲁被带出狗笼，一看见渡边先生的身影，便慢慢走近他。可能是以往的训练不允许它立刻冲动地扑到渡边先生身上，也可能是知道渡边先生的身体状况不太好，可鲁只是十分平静地在渡边先生身旁踱着步，不断摇尾巴。

“小可，我们再一起去散散步吧。”

渡边先生转向可鲁，仿佛在凝视着它的眼睛，说完便帮它戴上导盲鞍。依然像以前一样，可鲁紧紧地贴在渡边先生的身边，做好了准备引领的姿势。渡边先生不在身边的这三年，它一直一心一意地等待着这一刻的来临。

他们缓缓跨出第一步。两个久违了的身影慢慢向远处走去。但这时隔三年的搭档，却只走了短短的三十米就结束了。

“好了，这样就足够了。”

渡边先生满意地说着，然后亲手摘掉了可鲁身上的导盲鞍。这一幕发生在渡边先生去世前的一个星期。

从可鲁和渡边先生相遇的那一天算起，五年的时间飞快地过去了。尽管真正相处的时间只有两年，但他们每一天都过得非常快乐。

“虽然只有短短两年，但和渡边先生共度的这段时间，让可鲁充分展现了真正的自我。”

多和田先生在谈到渡边先生和可鲁在一起的

两年时，这样评价。

“我一看见带拉布拉多猎犬散步的人，就会想起陪丈夫一起散步的小可。”

渡边太太感伤地诉说着对可鲁的思念。

新的工作

体育馆里聚集着很多小学生。在高年级的学生中，有人知道“导盲犬”这个词代表的意义，也有人看到过戴着导盲鞍和盲人一起在街头行走的导盲犬。可是这么近距离地接触导盲犬，每个人都是第一次。

“这是导盲犬可鲁，请大家多多指教。”

导盲犬训练师开始向大家介绍可鲁。

从四处传来了骚动声。因为自训练师下达“wait”的指令后，已经过了一段不短的时间，可鲁依然留在原地一动不动。听话的导盲犬能忠实地服从指令，让小学生们感到十分惊奇。

有几个孩子还戴上眼罩，轮流握住可鲁的导盲鞍，亲自体验了和导盲犬一起走路的感觉。这种体验既能让孩子们知道盲人的不易，又能让他们切切实实地了解导盲犬在盲人生活中扮演的角色有多么重要。

握着导盲鞍的孩子下达一个“go”的指令后，可鲁便走在这些孩子面前，引领他们避开障碍物，并在临时设置的有信号灯的路口停下来，确认四周安全，才又迈开脚步。它还配合戴着眼罩、走得战战兢兢的孩子的步伐，慢慢地向前移动。

孩子们刚才还屏住呼吸注视着可鲁，在看完这段短短的示范表演后，都为可鲁的精彩表现鼓掌喝彩。

“好厉害啊，导盲犬真了不起！”

可鲁在孩子面前展示了导盲犬从事的不平凡的工作，他们除了不断地发出“了不起”的赞叹之外，已经找不到其他的形容词了。

自从渡边先生病倒了，可鲁只好一直生活在训练中心里。它在七岁，也就是相当于人类壮年的四十四岁时，失去了好搭档渡边先生。训练中心的多和田先生曾想过为可鲁安排一个新工作，但考虑了很久，最后还是放弃了。因为可鲁的年龄虽然不老，可也不年轻了，而且要它改变那些同渡边先生在一起生活时养成的习惯，也不是容易的事。

不过，让它在这个年龄退役似乎还为时过早。于是，多和田先生便让可鲁当上了一只示范犬，主要开展关于导盲犬的宣传和推广。可鲁接受的这项新工作是到各个小学，或一些与社会福利活动相关的地方做示范性的表演。

“看到陪在盲人身边的导盲犬，觉得它很可爱，也请不要抚摸，因为它正在工作。大家那样做的话，会给它造成困扰。”

训练师在学生或者别的活动参加者面前，介绍着在街头遇到导盲犬时应该注意的事项。可鲁知道还没轮到自己出场，便面朝众人蹲在那里，静静地等待训练师对它发出指令。这种模拟表演一个月大约有十次，每一次都能听到学生们对可鲁发出由衷的赞叹：“好厉害，好厉害！”

虽说又回到训练中心生活，但可鲁已经不像

过去训练时那样终日忙碌了。它平日里看着今后也会成为导盲犬的年轻伙伴们进行训练，偶尔外出工作，余下的时间都过得很悠闲，早上也会和别的狗一块儿“咚咚咚”地跑步。

一天，可鲁像往日一样在表演会场等待出场，神情却好像有点异乎寻常。它依然静静地坐着等待指令，但这一天它的视线总是无法集中在训练师或第一排观众身上，只是远远地望着会场的一个角落。原来在它视线的那一端坐着仁井夫妇，就是自可鲁出生四十三天起，曾经和它一块生活过八个月的“养父母”。

得知可鲁已经从导盲犬工作的第一线退役，现在正在做示范犬的工作，夫妻俩便趁着它在京都周边做示范表演的时机，偷偷地来看望许久未见的它。为了不干扰导盲犬为盲人服务时的情绪，按规定双方是不能相见的，而且当初他们分别的时候，也以为此后再也不能见面了。可是现在的情形却不一样了，成为示范犬后，可鲁工作的时间更有弹性，这让他们想见一见可鲁的想法变得越来越

强烈，终于忍不住跑到会场，默默地坐在角落里看着心爱的可鲁。

可鲁也早就注意到了他们。但它明白，自己绝对不能冲到仁井夫妇身边。

仁井太太讲述着当时的情形。

“可鲁早就发现了我们，可没有指令，它是不能随便乱动的。但是我感觉到它的目光一直追随着我们。它就那样静静地趴着，前腿交叉着伸向前方，默默地注视着我们。”

不久，仁井夫妇做出了一个决定。他们观察可鲁做示范工作时的样子，发现它的体力在逐渐衰退，已经远远不如从前了，于是希望可鲁结束在训练中心的工作后，能由他们来收养它。一般情况下，退役后的狗大多由看护的志愿者收养，也有极少数的狗会在训练中心度过余生，但重新回到原来的收养家庭的少之又少。何况当时的可鲁尚未完全退役，只好让它住在仁井夫妇的家中，继续做着示范犬的工作，成了一只名副其实的“业余”导盲犬。

那个家，就是可鲁曾经住过的令它怀念的家。一九九七年五月二十一日，它回到了阔别十年的家中。

可鲁马上就十一岁了，如果是人的话，已经有六十岁了。安稳的老年生活就这样开始了。

再见了，可鲁

虽然已经十年没有回家了，但可鲁似乎还记得在仁井家度过的八个月的点点滴滴。

一进大门，它便跑过去看很久以前自己睡觉的地方，然后像在地上蹭鼻子似的嗅了嗅地板，就趴了下来，望着仁井夫妇。这时，夫妻俩的心底都生出一种不可思议的感觉——这十年间的空白宛如一场梦，从可鲁出生四十三天起到今天这一刻，他们仿佛一直都和可鲁在一起。

可鲁好像要找回过去的记忆，跑到仁井家的每个房间里，用鼻子在地板或榻榻米上嗅一嗅味道，然后安安静静地趴下。仁井太太眯起眼睛，注视着可鲁的一举一动。大致把房间的每个角落都嗅过一遍后，可鲁坐在仁井太太面前，像它小

时候那样抬起头，露出一副好像在说“好值得怀念啊”的表情，又举起右前脚，触碰着仁井太太的身体。

但是，十年毕竟是一段不短的岁月。一看就知道，可鲁的身体状况已经无法跟以前相比。双方能在一起共度的时间所剩不多了——仁井夫妇心里一直有这样的预感。

“就算是时间所剩无几，不管多短，也要让它愉快地度过这段时光。”

夫妇俩都是这么想的。

当时，仁井家还养着一只五岁的金毛寻回犬——范德西，它似乎也很欢迎可鲁的到来。它们在一起玩得很愉快，从来没打过架。范德西仿佛把比自己年长的可鲁当成兄长，不但尊敬可鲁，处处忍让，连吃饭也要让可鲁先吃。

原本以为可鲁安稳的老年生活才刚刚开始，没想到它回到仁井夫妇家仅仅一个月后，身体就衰弱到无法再从事示范犬的展示工作了。它的身体状况越来越差，最后连跳上训练中心专车的力气都没有了。大家都很清楚，可鲁已经无法再继续工作下去。

最后，仁井先生向可鲁所属的导盲犬协会提交了让可鲁退役的申请。那一天刚好是可鲁十一岁的生日。

医生说，可鲁的肝脏、肾脏和心脏的所有机能都在衰竭。它的器官逐渐衰弱下去，几乎已经达到了极限。

“难道都撑不过这个夏天了吗？”

仁井夫妇喃喃自语，而此时可鲁的健康状况仍在不断恶化。京都的夏天非常闷热，为了给已经失去食欲的可鲁多少增加点体力，仁井夫妇在它的饮食上下了一番功夫。另外，为了让可鲁打起精神来，他们还带可鲁去见它过去的老朋友，以及小时候一起玩耍过的附近的狗伙伴。

“小可，你以前可都是这样的哟。”

仁井太太和十年前一样，整天和可鲁说话，不断地对它自言自语。仁井夫妇多么期盼可鲁有

一天能恢复健康啊。

也许是上天听到了仁井夫妇的祈祷，到了秋天，可鲁的健康状况明显开始好转，甚至能和范德西一起在院子里玩耍了。拿出以前的玩具，它还会和范德西争抢嬉戏。带它出去散步时，它会凭借着自己的记忆，循着以前走过的路走，显得非常开心。虽然不再是一只导盲犬，但可鲁并没有忘记十一年前那条心爱的散步路线。仁井夫妇任由可鲁牵引着，走它喜欢走的路，去它想去的地方。

对仁井夫妇和两条狗而言，这是一段让他们四个都梦寐以求的安逸时光。

一九九八年一月，仁井夫妇和可鲁、范德西来来回回花了两个小时，去大原野神社参拜。回到家后，家中的矮桌上摆着与平日不同的丰盛宴席。可鲁露出一副“这到底是什么东西”的神情，望着桌上的食物。仁井夫妇一边说着“新年快乐”，一边给可鲁它们夹些可以吃的东西。在温暖的屋子里，夫妇俩和两只狗就这样一起愉快地迎来了新的一年。

可鲁开始出现异样，是在这一年的四月。它出门散步的次数越来越少，食欲也开始明显变差。原本以为它只是有些疲劳，但为了慎重起见，还是安排它去医院做了检查。他们从医生的口中得知了一个不幸的事实："可鲁有非常严重的贫血症，而且很有可能是得了白血病。"

"白血病……"

听到这个晴天霹雳般的消息，仁井先生只说了一句"没办法治了吗"，便难过地陷入了沉默。一旁的仁井太太只能悲伤地吐出一个字："哦……"

虽然还需要做更细致的进一步检查，但可鲁实在没有力气了。一个月前，仁井先生刚好退休，当时他还在想：从此以后每天都可以陪在可鲁身边了……

可鲁的身体显然越来越瘦弱。到了六月二十七日，它终于病倒了，那是它过完十二岁生日后的第二天。

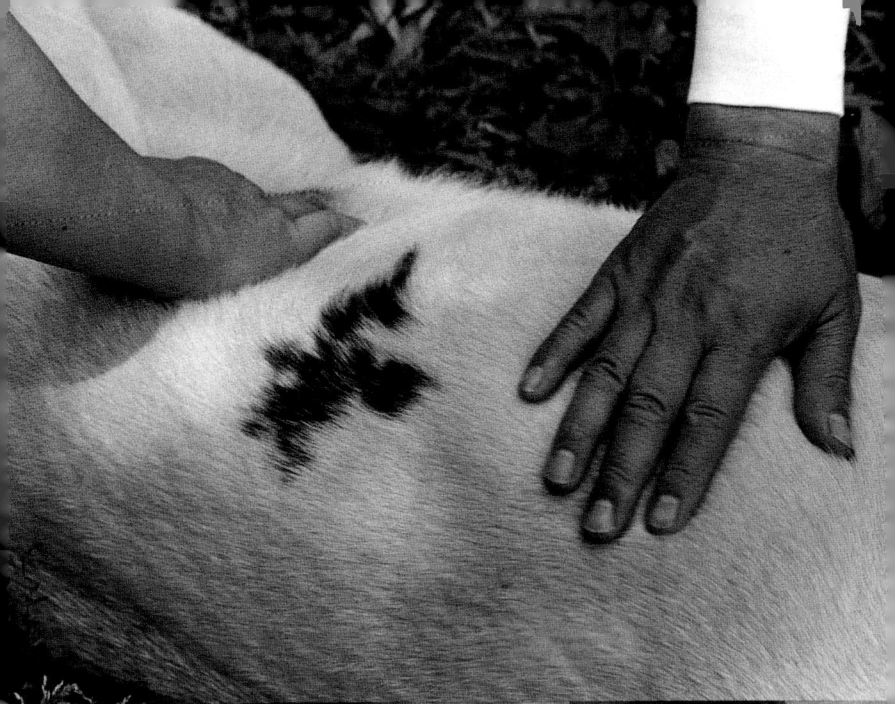

它的身体开始变得僵硬，只有脖子以上的部分才能自由活动，连点滴也没有办法打了。仁井夫妇让可鲁睡在棉被上，然后每晚在它的旁边铺上被褥陪着它一起睡觉。这时的可鲁已经骨瘦如柴。为了不让它长褥疮，夫妇俩每隔两小时就要帮它翻一次身、擦一次汗。即使在深夜，他们依然细心地看护可鲁。

范德西也睡在可鲁的旁边，它挤在可鲁和仁井夫妇之间的一点点缝隙中，紧紧地贴着可鲁睡。可能是因为有了这些温暖，可鲁才能安稳地进入梦乡。范德西似乎知道可鲁排便困难，于是像狗妈妈对待刚出生的小狗那样，不断地舔着可鲁的腹部。一个多星期没有排便的可鲁，有一天半夜终于顺利地排便了，这个消息也是范德西“告知”仁井夫妇的。

到了一九九八年七月二十日，这一天，可鲁的呼吸从一大早就开始变得急促。也许是肺部受到压迫，感到呼吸困难，它频频示意想要翻身。本来一个小时翻一次身，后来缩短为半个小时就要翻一次，到最后，它连示意的力气都没有了。

仁井先生不停地抚摸着可鲁的头，仁井太太一下又一下地摩挲着可鲁的背，范德西则在一旁坐立不安地踱步，时不时看一眼可鲁的脸。

“小可，谢谢你，你不需要再那么努力了。”

仁井太太用平静的口吻对可鲁说。

“可以了，你就慢慢地休息吧。”

可鲁看了看仁井太太，又看了看仁井先生。

“到了天国以后，要清楚地报出自己的名字‘仁井可鲁’哦。”

仁井先生刚说完这句话，可鲁的瞳孔突然开始放大，然后后腿一伸，便停止了呼吸。下午四点十六分，仁井太太轻轻地合上了可鲁的双眼。

享年十二岁零二十五天，可鲁像小时候那样露出“你在干什么呢”的安稳的表情，望着仁井夫妇的脸，静静地离开了这个世界。

当天晚上，可鲁被安置在客厅的正中央，四

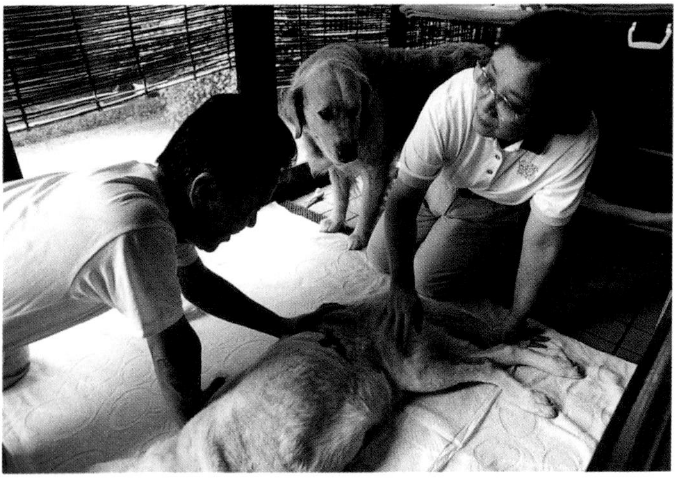
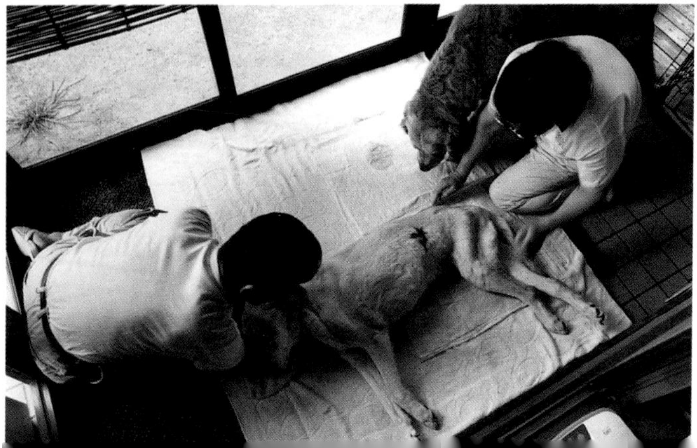

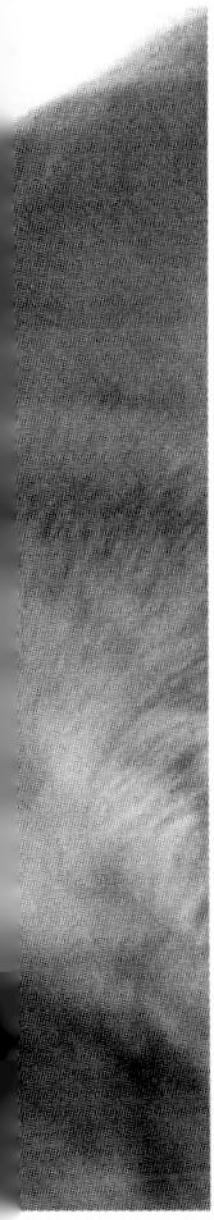

个人度过了最后一个夜晚。第二天，可鲁就和灵柩里铺陈的花瓣一起化成了灰烬。

在五个兄弟姐妹中，可鲁是唯一一个身上有十字形花纹的，像在告诉大家，它终究要成为一只导盲犬似的。它在水户家度过了幸福的幼儿时代；在仁井家尽情地显露了顽皮“小男孩”的天性；与多和田先生相遇后，开始走上导盲犬之路；然后是时间虽然短暂，但亦步亦趋地守护着渡边先生的日子。是可鲁让原本讨厌狗的渡边先生都说出了这样一句话：“它让我想起了人类原本走路的方式。”再后来，可鲁完成了示范犬的使命，在仁井家和范德西一同度过了最后的安稳岁月……

“小可，再见。”

“再见了，可鲁！”

后 记

小时候和我一起玩耍的琼，是一只身体有缺陷的杂种犬。因为患了犬瘟热这种重病，它的右后腿几乎一动也不能动，瘸着的那条腿总是弯曲着。但琼却凭着剩下的三条腿，依然活泼地跑来跑去。看到它勇敢的样子，我的心被深深地触动了。即使到了现在，那种感觉仍留在我的内心深处。

第一次接触到秋元良平先生的摄影集《成为导盲犬的可鲁》，是在一九九四年年初。书中可鲁和盲人渡边先生的身影让我感动不已。幼时和狗在一起的种种记忆，似乎都从可鲁身上重新找了回来。

书中提到，导盲犬有“生父母、养父母和教育之父”的关系，总觉得连这方面也与自己曾有过三位母亲的经历很相似。

四年后，也就是一九九八年的春天，我第一次见到秋元先生。听他说可鲁还健在，但身体已经越来越虚弱。秋元先生从可鲁出生那一刻起便追踪着它的成长，希望一直拍摄到它离世为止，并想以某种方式完整地记录下导盲犬可鲁这一生。我听到他这种想法，心中油然生起的想帮助他的念头更强烈了。但当我正想去京都的仁井先生家探望可鲁时，没想到可鲁已经先走一步。

在可鲁去世后的那个夏天，秋元先生打了个电话给我。电话里一句短短的“可鲁已经走了”，让我感到了那种失去爱犬的人深沉的悲痛，自己曾数次失去爱犬的记忆再度浮现在脑海里。

我一生中遇到的第一只狗是叫“玛丽”的杂种犬。玛丽生儿子琼时难产而死。我四岁时，父母就离异了，那时根本无法接受母亲突然在眼前消失的事实。当时留给我的记忆是，我每天都和后腿有点瘸的琼在一起玩耍。不久父亲再婚，我有了新妈妈，可是她只和我们一起生活了两年就分开了。她因为肺结核一直住在医院，四年后便撒手人寰。随后不久，琼也去世了。琼离开后来到我们家的“小不点儿”，寄养在亲戚家时也被车轧死了。这一切对当时还年幼的我打击非常大，悲伤似乎一直伴随着我的童年时代。

后来，我开始和父亲两个人生活。那时每天傍晚等着我放学回家的，是只拥有梗犬血统的杂种犬——洛克。父亲每天深夜归来之前，就是我和洛克独处的时间。我们一起吃饭，我和它几乎无所不“谈”，连看电视和睡觉的时候都形影不离。

父母不在身边，狗对我来说是安抚寂寞的最好的伙伴。看到秋元先生摄影作品中的可鲁，我就在想，如果能把它的故事写成一本书，多少可以回报一点我从狗儿身上得到的巨大的安慰和鼓励。结果，虽然我一次也没有与可鲁见过面，还是写出了这本书，这也许是因为我与可鲁之间有某种宿命相连吧。

目前，花费在培育导盲犬上的巨额资金都来自政府的补助或是一些慈善机构。虽然金额并不充裕，但我相信只要凝聚起许许多多人的心意，就能培育出高素质的导盲犬。当然，如果能像欧美一样得到企业的巨额捐助，那就再好不过了。但从目前的状况来看，日本似乎还遥遥无期。另外，公开募捐款的用途也是有必要的。还有与金钱一样重要的人才，比如“生父母”和“养父母”这些义务工作者，以及训练师等致力于培育导盲犬的人才也非常重要。无论再怎么优秀的训练师，以一己之力培育出的导盲犬也毕竟有限，所以培养更多的训练师也是一项极其重要的工作。

另外，我认为不光是导盲犬，包括能引领听力障碍者的听导犬、能给有肢体障碍的人帮助的辅助犬、能给有心理障碍的人安慰的治疗犬等，对这些可以帮助人类的“援助犬”的培育，都是一件刻不容缓的工作。

最后，我要在此感谢的人非常多。

首先是秋元良平先生，他通过照片告诉了我

很多关于可鲁的点滴生活；还有渡边祺子女士，她静静地向我诉说着已经去世的丈夫和可鲁之间细微的回忆；以及在百忙之中抽空让我更加了解导盲犬的多和田悟先生，我采访时非常热切地向我表达对爱犬的深情的水户莲女士、仁井勇先生和仁井三都子太太。真的非常感谢你们！

石黑谦吾

二〇〇一年二月

关于导盲犬

一九六九年，我见到了来自美国的导盲犬“乐”（德国牧羊犬），从此，我这一生便和导盲犬结下了某种缘分。当时我还是高中生，盐见牧师教会我读视力障碍者（因为眼睛看不见或难以看清东西，在生活上有障碍的人）使用的盲文书。而那只狗就是身为盲人的盐见牧师从遥远的美国买来的。

因为这个契机，我进入了导盲犬协会小金井训练所，开始学习训练导盲犬，并与盲人有了接触。后来，关西导盲犬协会成立了，我担任澳大利亚昆士兰导盲犬的繁殖及训练主任的职务。从进入训练所到今天，我已经结识了很多狗儿和盲人朋友。

可鲁便是其中一只。它生于一九八六年六月二十五日，也就是现在的关西导盲犬综合训练中心在龟冈市设立之前。它是在由京都市内的民房改造的训练所中接受基本训练的。一开始，它似乎不能很快地进入状态，但很努力，度过了一段艰难的时期，渐渐成长为一只容易相处、性情温和的导盲犬。它和使用者接触之后，终于真正进入了导盲犬的角色。在与使用者的朝夕相处中，它自己也为了进一步成长为优秀的导盲犬而努力。渡边先生的身体状况开始恶化之后，以及在做血液透析治疗期间，可鲁总是静静地趴在床下陪伴着他，并且和渡边先生一起在他的办公室里度过了相当长的时间，开开心心地生活了一段日子。

在日本，导盲犬的工作是保证盲人走路时的安全，它必须准确地告知盲人何处有拐角、何处有障碍物、何处是阶梯。为了准确地把各种各样的拐角、障碍物及阶梯的信息告知使用者，接受基本的训练是必不可缺的。在一般人认为“只有接受严格训练的狗才能成为导盲犬”的时代，导盲犬将这些信息告知人类，并把这份工作当成一种“游戏”去享受，让人们可以根据这些信息平安到达目的地。它们实现了我们心中的这种理想，并且向世人证明了它们可以成功。可鲁就是其中的一员。

多和田悟

图书在版编目（C I P）数据

再见了，可鲁 /（日）石黑谦吾著 ；猿渡静子译
. -- 4版. -- 海口 ：南海出版公司，2018.10（2025.10重印）
ISBN 978-7-5442-9317-4

Ⅰ. ①再… Ⅱ. ①石… ②猿… Ⅲ. ①长篇小说－日本－现代 Ⅳ. ①I313.45

中国版本图书馆CIP数据核字(2018)第106798号

再见了，可鲁
〔日〕石黑谦吾　著　〔日〕秋元良平　摄
猿渡静子　译

出　　版　南海出版公司　(0898)66568511
　　　　　海口市海秀中路51号星华大厦五楼　　邮编 570206
发　　行　新经典发行有限公司
　　　　　电话(010)68423599　　邮箱 editor@readinglife.com
经　　销　新华书店

责任编辑　翟明明
特邀编辑　贺　静　江起宇
装帧设计　李照祥
内文制作　田晓波

印　　刷　北京中科印刷有限公司
开　　本　787毫米×1092毫米　1/32
印　　张　5
字　　数　65千
版　　次　2003年1月第1版　2018年10月第4版
印　　次　2025年10月第51次印刷
书　　号　ISBN 978-7-5442-9317-4
定　　价　49.00元

著作权合同登记号　图字：30—2008—307